김해울

발행처
김해울

초판 1쇄 발행, 2024년 5월 1일
개정판 1쇄 발행, 2024년 8월 31일

편집, 글라스프레스
교, 김해울
표지, 김해울
디자인, 나승후, 신승인

ISBN 979-11-981040-6-9 03810
12,000원

글라스프레스
Glas Press
www.glaspress.com
glascashier@gmail.com

JN391358

불, 나 좀, 빌려줘

전에는 단 한 번도 상대에 대해 본 적도 들은 적도 없고, 그래서 혹시 저 인간이 네가 아닐까, 기록하지 않았기 때문에, 나는 네가 이때 어떤 음악을 들었는지 알지 못한다. 다만 네가, 자신과 마찬가지로 역 앞에 꽤 오랫동안 혼자 서있던 어떤 인간을 의식하고 있었다는 건 안다. 기억한다. 우리가 처음 만나는 날이었으니까. 그 이전에는 단 한 번도 상대에 대해 본 적도 들은 적도 없고, 그래서 혹시 저 인간이 네가 아닐까, 기다리는 내내, 나도 모르게 중얼거렸던

중요하지 않지만, 이 두 차원의 격차는 이따금 등장할 예정이다. 이날 너는 파랑색 코트를 입고 있다. 이 파랑색 코트는 중요하다. 네가 이 코트를 입은 날, 우리가 처음 만났기 때문이 아니다. 그냥, 내가 이 코트를 기억하고 그걸 기록하기 때문에, 이 파랑색 코트는 중요하다. 전철이 멈춘다. 네가 역에 내린다. "약속이 있었다." 약속의 주최자는 너의 지인 인간 1로, 인간 2는 그런 인간 1의 지인들 중 한 명이다. 이들 중 역에 가장 먼저 도착한 인간은 인간 2이고, 그 다음 도착한 인간은 나로, 나는 곧 인간 2와 합류 후 벤치에 앉아 담배를 피우며 너와 인간 1을 기다리게 된다. 네 인간의 약속 시간은 X시. 너는 약속 시간 3분 전에 역에 도착하지만 인간 1은 그로부터 38분 후인 X시 XX분에 역에 도착하게 되고, 덕분에 38분간 너는 혼자 역 2번 출구 앞에 서있게 된다. 이제 너는 역 2번 출구 앞에 서서 이어폰을 귀에 꽂는다. 이때 들었던 음악의 제목을 네가 기록하지 않았기 때문에, 나는 네가 이때 어떤 음악을 들었는지 알지 못한다. 다만 네가, 자신과 마찬가지로 역 앞에 꽤 오랫동안 혼자 서있던 어떤 인간을 의식하고 있었다는 건 안다. 기억한다. 우리가 처음 만나는 날이었으니까. 그 이

X년 X월 XX일 오후 X시 XX분. 너는 전철을 타고 있다. 이건 네가 전철을 타면서 휴대폰에 작성한 메모다.

[●아 뭐해 내 이름은 ●이다 나는 말이 많은 ● 관찰을 견디지 못하는 ● 말 뒤에 숨는 ●, ●은 종종 그 어떤 기분도 느끼지 못해. ●이 명확하게 느낄 수 있는 기분은 분노뿐이다 그러니까 분노는 소중해. ●은 분노의 대상을 명시하기 위해 애쓰는 타입이다 ●은 전철을 타고 있다 ●은 스스로가 인간 같지 않아서 종종 거울을 뚫어져라 쳐다보곤 했다 그럴 때마다 갈라지는 ●의 혓바닥, 이제 지하철은 S역을 지나쳤어 도착역은 아직 멀었다 아직 멀었어 아직 먼 거야 아직 멀었고 아직 멀어버렸다 아무것도 시작되지 않았어.]

나는 너의 기록을 읽는다. 읽고, 정정한다. 이 기록을 작성할 당시 네가 지나친 역은 S역이 아니라 Y역이다. 네가 어째서 S역을 Y역이라 기록했는지 나는 모른다. 나는 너를 모른다. 너와 ●가 동일 인물임에도 내가 너를 모르는 까닭은 ●과 네가 같은 시공간에 있지 않기 때문이다. 이 기록에서 4차원의 개념과 3차원의 개념은

0

-말했다

새 떼가 네 심장을 관통해 내 등 뒤로 빠져나가는 것만 같다고 느꼈을 때 너는,

는 사실을 네가 자각했을 때, 별안간 너는 네 시야를 반으로 쪼개며 너로부터 멀어지는 새 떼를 목격한다. 너는 있다. 너는 육교가 보고 싶다. 너는 다시 육교 위에 올라가고 싶다. 그러나 네 머리 위로 지나가는 새 떼들, 그

너의 목소리를 듣는다.

나는 불타는 건물을 본다. 건물을 보며 나는 내가 움직일 수 있는 반경에 대해 생각한다. 나는 불타는 건물을 본다. 나는 소망한다. 이 장면이 전환되기를. 나는 불타는 건물을 본다. *건물이 타고 있다고 해서 건물 안에 있는 사람들이 모두 타버리는 건 아니지. 건물이 타고 있다고 해서 불타고 있는 게 건물인 것도 아니고.* 너의 목소리는 이제 나의 목소리와 구별되지 않는다. 너는 이해할 수 없는 것들을 이해하고 싶다. 너는 네가 보고 있는 존재들의 언어를 이해하고 싶다. 그러나 너는 불타는 건물 앞에 있다. 그들을 이해하고 싶은 너는 이제 그들의 언어를 번역해야만 한다고 느낀다. 그러나 너는 건물 앞에 있다. 너는 그들의 언어만큼이나 네 언어 역시 이해되고 번역되어야만 한다고 느낀다. 그러나 너는 앞에 있다. 불타는 건물 앞에서 너는 본다. 본다. 본다. 보면서 생각한다. 어쩌면 이 세상에 사람은 딱 하나밖에 없는 게 아닐까. 하나의 새. 하나의 언어. 전부 하나가 아닐까. 너는 육교를 올려다본다. 너는 육교와 건물의 거리를 가늠한다. 불타는 건물 앞에는 육교가 보이지 않는다

나는 본다.

○의 언어를 본다. ●의 언어를 본다. ◐의 언어를 본다. 나는 본다. 본다. 그러나 나는 이해하지 못한다. 본다. 보는 것만으로 이해하지 못한다는 것을 나는 알고 있다. 보는 것만으로 이해할 수 없기에 그들에게 가까이 다가가기 위해 나는 애쓴다. 나는 본다. 나는 보기 이전의 것을 보기 위해 생각하기 위해. 음... 생각할까. 시작할까. 호흡을 가다듬어. 조금만 더 가까이 가 봐. 숨을 참아. 네가 해야만 한다고 여겨지는 말을 지금 할 수 있는 말을 해. 무슨 말이라도 좋으니까

말해

내가 벽을 보면
벽도 나를 본다

내가 벽을 보지 않으면 벽도 나를 보지 않는다
벽과 벽
벽의 어디에 손을 뻗고 발을 내딛느냐에 따라 나는
더 올라가거나 내려갈 수도

추락할 수도 있다

매일 보고 싶다. 그래서 네가 날 *귀찮게 했으면 좋겠어*, ○이 손을 뻗는다. ○의 앞에 네모난 틀이 생긴다. ●은 입 고리를 아래로 내린다. 물이 밀려든다. 틀 속으로 물이 쌓인다. 쌓인다. 찌그러지지 않는다. 시간처럼 흐른다. 재배치된다. 빛처럼. 다시 만난 ◐은 다시는 볼일 없는 사람처럼 웃는다. ○이 벤치에 눕는다. ●이 터널을 지나간다. *타*

닥

타

닥,

-야

●이 뒤돌아본다. 불씨 하나가 바닥에 튄다. 벤치 위에서, ○이 말한다.

-그렇게 가버리니까 슬프다

009203491, 03492, 304 9 3 0 4 3942, 10593059
손을 뻗는다. 닿자마자 터지는 기억이 있다. 물은 희고 기억은 터진다. ●은 물 위에서 기포들을 본다. ○은 물에 비친 사람처럼 불투명한 표정을 짓는다. 나는 무릎을 세우고 내 등을 건드리며 떨어지는 성냥개비에 대해 생각한다. 생각한다. 누워서 물처럼.

[환기

중: 무대 위 잠깐, 환풍구가 돌아갔다.]

물이 빠진다. ○이 고개를 든다. ●의 머리가 뒤로 젖힌다. ○이 오른손을 들어 ●의 머리를 쓰다듬는다. ●이 왼손을 들어 ○의 오른손을 잡는다. ○이 왼손을 들어 ●의 오른손을 잡는다. ◐은 손을 맞잡은 채로 서로를 마주 본다. 나는 의자 등받이에 머리를 기댄다. 기댄 채, 생각한다. 누워있다. 누워서, 환기를 기다리며 돌아가는 환풍구를 보고 있다. 새파란 지붕을 상상하면 새파란 지붕에 갇힌 것 같다. ○은 창속에 있고 ●은 파란색 지붕을 타고 ○쪽으로 넘어온다. ◐은 매일 똑같은 옷을 입고 다시 같은 옷을 입게 될 시간을 기다린다. ◐은 ◐이

극이 시작된다. 오각형의 나무판자와 사각형의 나무판자가 무대 정중앙에 배치되어 있다. 오각형의 나무판자 우측에 선 ○은 바닥을 본다. 사각형의 나무판자의 좌측에 선 ●은 자신의 발을 내려다본다. 무대 위, 물이 밀려든다. 기포가, 숫자처럼 터진다. 나는 물 밑에 있다. 물 밑에서 기포들을 올려다보고 있다. 기포들이 눈앞에서 터진다. 터지고 또 터지기를 반복한다. 떨어진다. 7

          4
            9
         0
               5
         61
         8
        3 1
    0 1 11 2 13   093402   58
3049203 23 0 49234 23 4 3 24 89235820938091851
     03293482039483492 039483
   49 3 2 0 195 3 8 0 4938 2 1,
         5

그러나 나는 여전히 불 앞에 있다

할까
시작
할까 시작할까 그 새에 관한 이야기를 하려고 해
새에 관한 이야기인 척
너에 관한 이야기를 하려고 해
불이라는 게 뭔지 좀
알고 싶다고 생각했어
그 일을 내가 할 수 있고 해야만 된다고 생각했어 그런데 너를 알면 알 수록 이런 생각이 드는 거야
그게 내 오만이라는 생각이 드는 거야
내가 번역을
간과한 거야
○의 몸을 태우고 있는 건 불이 아닐지도 몰라
불타고 있는 존재는 ○만이 아닐지도 몰라

내가 육교 밑으로 내려올 때 믿고 싶었던 마음에 대해
그때 내가 번역하고 싶다고 느꼈던 언어에 대해
상기하면서,
다시 육교 위로 올라가고 싶은 충동을 느낀다. 불길로부터 도주하고 싶은 욕구를, 두려움을 죄책감으로 위장한 절망감을 느낀다.

나는 상기한다.

●의 언어에 대해
나는 상기한다.
상기하며 발을 움직여 본다 손가락을
몸을
      이것도 움직임이라 부를 수 있다면
중얼거리며 상기한다.

        손가락 몇 개
     움직이는 데서 끝나지 마
      다가가 더 가까이
      다가가 다가가서
너는 말하고 나는

그날 내가 불타는 건물 앞에서 작성한 메모 2

●가 말하고 있다

●의 언어를 내가 간단하게 기호화하면 다음과 같다

⇕⇔

●가 왼손으로 귀를 덮으며 ○쪽으로 고개를 돌린다.

                                                      -한 번만

말한다.

                                                  -한 번만 더

극이 시작된다. 적색의 무대 위, ●가 서있다. 발목까지 오는 검정색 바지를 입은 ●는 무릎을 펴고 바닥에 앉아 손목을 응시한다. 잠시 후, 객석에서 ○이 등장한다. 뛰어오기라도 한 듯 숨을 몰아쉰다. 파란 셔츠를 입은 ○이 말한다.

-미안해

●는 객석을 본다. ○과 ●는 무대에 마련된 2인용 의자에 함께 앉는다. 무대 위 조명이 꺼지고, 자막 하나가 뜬다.

[영화 상영 중]

●는 오른손으로 머리를 쓸어 넘긴다. 무대 위, 파란 조명이 켜진다. 음악과 함께 총소리가 흘러나온다. ●는 몸을 움츠리고 ○은 팔짱을 낀다. 총소리가 점점 커진다. ●는 양손을 모은다. ○은 그런 ●를 지켜보다 ●의 귀에 입을 댄다. 말한다.

-방금 주인공이 뭐라고 말한 거야?

보고 있어? 보고 있어, 뒤에... 물음표가 붙는다. "보고 있어" 자체는 질문이 아니다. 그러나 보고 있어 뒤에 물음표가 붙으면 질문이 된다. 그러나 보고 있어 뒤에 물음표가 붙는다는 것, 그건 사실 나의 상상에 불과하다. 내가 추측한 그 사람의 뉘앙스를 기호화한 것에 불과하다. 불과한 일은 불가능한 일과 같은가 다른가. 나는 ○과, ○을 보고 있는 ●을 본다.

내가 다시 불타는 건물 (이 건물의 불길 역시 도통 꺼지지 않는다. ○의 몸을 태우고 있는 불꽃처럼) 앞에 찾아가 건물 앞에서 ○과 ●를 지켜보고 있었을 때, 그들의 곁을 스쳐지나가던 사람들 중 한 사람은 ○을 보며 말했다.

보고 있어?

말로는 묘사할 수 없는 그 새에 관한 드로잉

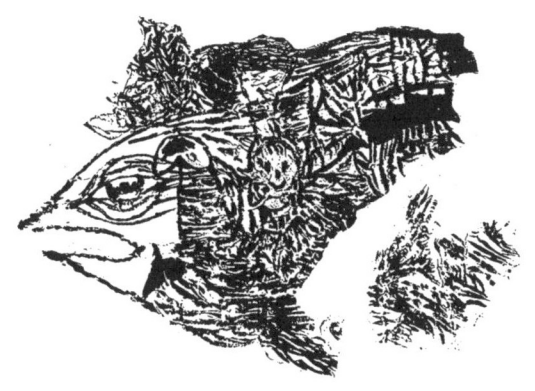

나는 묻고 싶었지만 묻는 대신 그들을 본다.
그러자 너는 내게 좀 더

다가가

라고

보기만 하는 대신
그들에게 다가가 말을 걸고 만지

라고 나를 꾸짖는다.

그러나 나는 여전히 건물 앞에 있다. 그들을 볼 수는 있지만 그들에게 말을 걸거나 만질 수는 없는 위치에

서서

이 위치에서 솔직할 수 있는 것
같다고 생각한다. 아직은.

○과 ●는 연인이다
●은 ○과 포옹하고
손을 잡는다
불타는 ○의 몸을 만져도
●의 손은 불타지 않는다 이따금
화상을 입을지언정 ●의 손은
잿더미가 되지 않는다

어떻게 이런 일이 가능한 것일까?

극이 시작된다. 적색의 무대 위, 두 사람이 서있다. 검은색 후드를 입은 ○과, 베이지색 원피스를 입은 ●. ●의 손에 마이크 두 개가 들려있다. ●가 ○에게 마이크를 건넨다. 두 사람이 의자에 앉는다. ○이 마이크를 입에 댄다. 무대 위, 자막 하나가 뜬다.

[노래 선곡 중]

○이 고개를 숙인다. ●가 왼쪽 다리를 오른쪽 다리 위에 얹는다. 무대 위, 파란 조명이 켜진다. 반주가 흘러나온다. ○이 눈을 감는다. ○의 감은 눈을 쳐다보던 ●, 객석으로 시선을 돌린다. ●가 말한다.

-쪼개질 것 같다

○이 눈을 뜬다. 객석을 등진 채 ●를 보며 말한다.

-뭐가?

●는 고개를 숙인다. 오른손으로 뒷덜미를 감싼다.

이 상상되어 뛰어내리는 대신 육교 계단을 내려가 천천히 불타는 건물을 향해 걷기 시작했다.

가까이

더 가까이 가보고 싶다고 생각했던 것 같다. 뛰어내리고 싶다고 생각했던 것 같다. 육교에서 뛰어내리면 한 번에 건물 옥상에 당도할 수 있을 것만 같다고 생각했던 것 같다. 물론 육교와 건물은 뛰어내린다고 닿을 수 있는 거리가 아니었지만

나는 뛰어내렸고

그러자 아스팔트 위를 데굴데굴 굴러다니는 내 머리통…

그러던 중 만나게 된 것이다. ○을. 흠, 어디서 만났더라? 커다란 나무 밑이었나. 아니지. 아니야. 난 그저 내가 육교 위에 있었다는 것만 기억한다. 난 육교 위에 서서, 불타는 건물에서 빠져나온 존재들을 지켜보며, 그들 중 한 명의 몸, ○의 몸이 불타고 있음을, 불타고 있음에도 걷고 또 걸을 수 있는 존재가 있음을 목격했을 뿐.

가까이

다가가

다가가

다가가 지켜보지만 말고

언젠가 너는 내게 그렇게 말했던 것도 같았지만 나는 맨몸으로 불길 속에 뛰어들 수 있는 존재는 아니다. 다만 불속에 뛰어드는 존재의 안위를 위해 기도하는 존재일 뿐. 미신을 믿을 뿐. 신에게 빌고 또 빌자. 미신 아닌 게 없으니까 미신까지도 믿자, 생각할 뿐. 그럼에도 왜였을까. 그날 육교에서만큼은 어쩐지 나도 한 번쯤은 다가가 보고 싶다고

내가 나 자신에 대해 말하고 싶을 때도 너에 대해서만 말할 수 있다고 느꼈을 때, 이미 나의 바깥에 존재하고 있음에도 더 바깥을 향해서만 뻗어나가는 것처럼 보이는 구름, 그 구름에 관해 묻고 싶어졌을 때, 사람들이 사람을 사람이라 부르는 방식으로 우리를 외면하기 시작했을 때, 땅에 떨어진 내 머리를 다시 내 목에 돌려 끼워 넣고 싶어졌을 때, 그때마다 나는 그 새에 대해 생각하기 위해 애썼고, 또 애썼지만, 한 번 나를 관통한 새는 내게서 점점 더 멀어지는 것만 같았고.

그 새가 내 심장을 관통해
등 뒤로 빠져나간 것만 같기 때문에
그게 사실이든 아니든
내가 그렇게 믿고 있기 때문에

이 기록은 그 새에 관한 기록은 아니다. 그러나 나는 이 기록을 작성하는 내내 줄곧 그 새를 떠올렸다. 그 새에 대해 묘사할 수 없고 묘사할 생각도 없지만

그 새가 내 심장을 관통해 등 뒤로 빠져나간 것만 같다고 느낀 것은 지난여름의 일이다. 음, 그렇다고 내가 지난여름에 대해 잘 알고 있는 것은 아니었지만 지난여름은 나를 알 수 있을지도 모르겠다고, 나는 생각했고 그러니까 지난여름, 그 새에 대해 조사하던 중, 나는 새삼스레 새가 모두 같은 새가 아니라는 생각을 하게 되었다. (정말 새삼스럽다. 당연한 것인데 왜 간과하고 있었을까?) 가령 새의 종류가 같더라도 같은 종류의 새 또한 사실은 모두 다른 새라는 사실, 재미있는 건, 그렇게 생각하자 어쩌면 이 세상에 새는 딱 하나밖에 없을지도 모르겠다는 생각을 하게 된 것이다.

1

그러자 직선 하나가 그어진다.

-불, 나 좀, 빌려줘

극이 시작된다. 적색의 무대 위, 두 사람이 서있다. 회색 모자를 눌러쓴 ○과, 파랑색 코트를 걸친 ●. 모자를 코까지 눌러쓴 ○과, 외투를 입까지 끌어올린 ●. ●는 무대 중앙에 배치 된 벤치에 누워 눈을 감는다. ●의 얼굴 위, 모형 잎사귀가 쏟아진다. ○은 좌측 무대 끝에서 ●를 지켜보다, ●로부터 대여섯 발자국 떨어진 모형 가로등 밑에서 왼손으로 담배를 입에 물고 오른손으로 외투 안을 뒤적이며 ●쪽을 바라본다. 말한다.

-야

●는 여전히 눈을 감고 있다. ○이 ●쪽으로 두 발 다가간다. 목청을 가다듬는다. 말한다.

-●,

●가 게슴츠레 눈을 뜬다. 고개를 돌려 사람과 눈을 맞춘다. 순간 마구 깜박이기 시작하는 가로등, ○가 말한다.

반입자

김해솔

반입자